Kurts Kurzgeschichten Band V

Geschichten aus dem Leben

Menschen erleben tagtäglich Geschichten. Aufregende, beruhigende, überraschende, schöne oder unschöne. Es passiert viel zu jeder Zeit, Tag und Nacht, hier und da, nah und fern. Im Urlaub, im Job, in der Wohnung oder auf der Straße vor der eigenen Haustür. Überall dort, wo Menschen unterwegs sind, ist die Welt voll mit Geschichten.

Kurts Kurzgeschichten V unterhält die Leser*innen mit Geschichten, die jedem Menschen begegnen können.

Die persönliche Übersicht

Kurt Schmitz, Jahrgang 1966, unterhält mit seinen Geschichten seit vielen Jahren große und kleine Leserinnen und Leser.

Alles begann mit unterhaltsamen Kurzgeschichten zu Weihnachten, in denen Zimtsterne, Weihnachtskugeln und Krippenfiguren von ihm zum Leben erweckt werden. *Verschmitzte Weihnachten* erfreut seit 2004 Groß und Klein, Jung und Alt und ist inzwischen auf drei Ausgaben angewachsen.

Bei den Kurzgeschichten aus *Tierische Weihnachten* dreht sich auch wieder alles um die festlichste Zeit des Jahres, aber diesmal handeln die Geschichten von Hund und Katze, Maus und Co.

2018 erschien das erste Band *Kurts Kurzgeschichten*. Lustige und auch mal zum Nachdenken anregende, alltägliche Geschichten aller Art erfreuen viele Leserinnen und Leser, so dass Band II, III und IV nicht lange auf sich warten ließen.

Während es sich bei allen Geschichten von Kurt Schmitz bisher um Kurzgeschichten handelte, erschien Ende 2020 das Buch: *Wie Walther sein h verlor*. Über diese fast 300 Seiten guter Unterhaltung freut sich eine breite Leserschaft jeden Alters.

Inhalt   Seite

Toilettengang

Wer kennt das nicht? Man ist unterwegs und plötzlich überkommt einen ein dringendes Bedürfnis, sich erleichtern zu wollen.

Macht man gerade einen Spaziergang im Wald, ist das kein Problem. Ist man in der Stadt unterwegs, sollte das auch kein Problem sein. Schließlich gibt es ja irgendwo immer eine Toilette. Das Problem ist nur, dass man keine findet, wenn man dringend eine benötigt.

Zum Glück befand ich mich in einem sehr großen Einkaufscenter in einem Schnellrestaurant, als ich das Bedürfnis verspürte, eine Toilette aufsuchen zu müssen. Da ich bereits länger eingehalten hatte, wurde es nun dringend. Ich bin davon ausgegangen, dass ich bis zu Hause durchhalten würde, aber der Aufenthalt im Schnellrestaurant dauerte doch länger als geplant.

„Ich gehe mal zur Toilette", sagte ich zu meiner Begleitung und stand auf. In einem großen Einkaufscenter eine Toilette zu finden, sollte wohl kein Problem sein. Da ich mich in dem Einkaufs-center aber nicht auskannte, schaute ich in der Gegend herum. „Da oben an der Decke ist ein Schild mit WC-Zeichen", sagte meine Begleitung und zeigte hinter mich. „Das ist nicht weit."

Ich drehte mich um. Tatsächlich war das Schild nicht weit weg. „Prima", sagte ich. „Dann gehe ich kurz dort hin. Meine Sachen lasse ich hier. Bin gleich wieder da."

Ich machte mich auf den Weg und näherte mich dem WC-Schild.

Doch als ich unter dem Schild stand, sah ich kein weiteres Schild, das nach rechts oder links zeigte. Hier gingen zwar Gänge ab, aber von einer Toilette war nichts zu sehen.

„Muss wohl weiter geradeaus sein", dachte ich mir und ging weiter. Ich durchschritt eine Zwischentür in den nächsten Gebäudeteil hinein.

„Merkwürdig", überlegte ich, „hier ist gar kein Schild mehr zu sehen, das Richtung Toiletten zeigt." Inzwischen merkte ich, dass meine Blase sehr stark drückte. Ich erinnerte mich an das erste Schild, das ich gesehen hatte. „Da muss ich wohl noch etwas weiter geradeaus gehen", entschied ich. Zügigen Schrittes ging ich vorwärts. „Das kann echt nicht wahr sein, dass ich das Klo nicht finde", dachte ich mir. Langsam wurde mir warm: Die Blase drückte, mein schnelles Tempo durch den langen Gang und auch der Gedanke, dass meine Begleitung auf mich wartete und sich sicher schon wunderte, dass ich noch nicht zurück war, ließen meinen Blutdruck ansteigen. Ich konnte noch nicht einmal anrufen und Bescheid geben, denn mein Handy hatte ich bei meinen Sachen liegen gelassen. Ich schritt noch schneller vorwärts. Irgendwo musste doch dieses verdammte Klo sein …

Mir Entgegenkommende schauten mich irritiert an, als ich durch den Gang hetzte. Sie müssen gedacht haben, dass ich auf der Flucht vor etwas wäre … Vielleicht dachten sie, dass ich etwas gestohlen hatte … Keine Ahnung. Ich hatte nur noch eins im Kopf: „Wo ist das Klo?"

Wie es in solchen Situationen so ist, sieht man niemanden, den man sich zu fragen trauen würde oder der zum Center gehört.

Als ich schwitzend am Ende des Einkaufscenters ankam, sah ich eine Putzkraft des Centers mit einem Kollegen sprechen. Von Weitem hatte ich einen Handwagen erkannt, auf dem Eimer, Putzmittel, Schrubber und Zubehör standen.

„Die frage ich!", sagte ich zu mir und schritt schnellen Schrittes auf sie zu. „Entschuldigung!", unterbrach ich ihr Gespräch mit dem Kollegen. Vielleicht etwas zu laut, denn sie schaute mich erschrocken an. „Wo befinden sich denn hier die Toiletten?", fragte ich sie. Sie schien mir meinen lauten Tonfall sofort zu verzeihen, als sie meine Frage hörte. Sie konnte mir vermutlich deutlich ansehen, dass ich inzwischen kurz vor einem Desaster stand.

Sie zeigte nach links. „Gehen Sie diesen Gang entlang, fahren Sie mit der Rolltreppe eine Etage nach unten, dann geradeaus und am Ende des Ganges links rein. Dann sind Sie da." Sie wendete sich wieder ihrem Kollegen zu.

„Wie soll ich mir das alles merken?", fragte ich mich, bedankte mich aber schnell und lief los.

Doch da war sie: Die Rolltreppe nach unten! Ich stellte mich darauf, ging aber die Stufen nach unten, da ich nun wirklich dringend mein Ziel erreichen musste. Unten angekommen lief ich schnurstracks geradeaus. Ich hatte das Gefühl, dass mir Entgegenkommende schon automatisch auswichen, da sie sahen, dass ich es sehr eilig hatte. Vielleicht haben Sie aber nur den Wahnsinn in meinen Augen gesehen, den man ausstrahlt, wenn man dringend ein Bedürfnis erledigen muss.

Da, jetzt konnte ich das Ende des Ganges sehen. „Links abbiegen. Links abbiegen.", brabbelte ich vor mich hin und legte noch einen Zahn zu.

Dann sah ich das erlösende Schild: WC. Ich spurtete los, dann rein in die Räumlichkeiten und raus damit! Tat das gut!

Geschafft! Erleichtert wusch ich mir die Hände und schaute in den Spiegel. Ich sah wirklich ziemlich aufgelöst aus. Würde ich mich nicht kennen, hätte ich mich vor meinem Spiegelbild erschrocken.

„Wieviel Zeit war vergangen?", schoss es mir plötzlich durch den Kopf. Ich war schon viel zu lange weg von meiner Begleitung. Hoffentlich war sie noch nicht gegangen, um nach mir zu schauen. Zu dumm, dass ich mein Handy nicht mitgenommen hatte. Hier hätte ich es so gut gebrauchen können. „Genau für solche Fälle hat man ja ein Handy!", dachte ich mir. Ich ärgerte mich über mich selbst, machte mich aber jetzt zügig auf den Rückweg zum Schnellrestaurant.

„Das war am Anfang des Einkaufscenters", überlegte ich. „Das kann ja nicht schwer zu finden sein."

Wieder legte ich einen Zahn zu, um das Schnellrestaurant bald zu erreichen.

Beim schnellen Gehen spürte ich, dass ich wieder ins Schwitzen kam. „Kein schönes Gefühl", dachte ich, ließ mich aber dadurch nicht stoppen.

Dann erreichte ich den Eingangsbereich des Einkaufscenters. „Ich muss wieder eine Etage nach oben", wurde mir klar und suchte eine Rolltreppe. Da war sie auch schon. Schnell darauf zu und nach oben laufen (die Rolltreppe war mir zu langsam). Von Weitem konnte ich erkennen, dass ich in der Etage mit *den* Schnellrestaurants angekommen war. Jetzt musste ich nur noch das richtige finden. Ich versuchte, ruhig zu bleiben. Irgendwie sahen alle gleich aus. „Es war ein asiatisches Restaurant", ging es mir durch den Kopf.

Ich lief wieder los. „So viele Restaurants", dachte ich. Das war mir vorher gar nicht aufgefallen.

Aber hier irgendwo musste meine Begleitung ja sitzen, wenn sie denn nicht losgegangen war, um mich zu suchen ... Das wäre wirklich eine Katastrophe ... Ich war sowieso schon fix und fertig.

Nach einer gefühlten Ewigkeit konnte ich endlich den Hinterkopf meiner Begleitung sehen. „Ich muss zu weit gelaufen sein, als ich wieder zum Restaurant zurückwollte", wurde mir klar. Aber das war mir jetzt egal. Ich hatte mein Ziel erreicht.

Als ich erschöpft zum Tisch kam, lachte meine Begleitung und fragte mich, wo ich denn so lange gewesen bin. Sie habe sich schon Sorgen gemacht ... Das Schild zur Toilette sei doch gleich vor mir gewesen und ich wäre darunter her einfach weiter geradeaus gegangen.

Ich erzählte, dass dort keine Toilette gewesen ist und ich deswegen weitergehen musste. „Das kann nicht sein", sagte meine Begleitung und lachte.

Schließlich packten wir unsere Sachen zusammen und machten uns auf den Weg. Natürlich in Richtung des Toilettenschildes. Als wir das Schild erreicht hatten, schauten wir in den linken Gang. „Siehst du?", fragte ich. „Hier ist kein Klo!" „Aber hier ist doch das Schild!", bekam ich zur Antwort. Meine Begleitung zeigte nach oben und ging in den linken Gang hinein. Ich folgte ihr. Bis zu dem Moment, als ich den Eingang zur Toilette sehen konnte, er war etwas zurückversetzt vom Gang, war ich immer noch davon überzeugt, dass sich dort keine Toilette befinden würde. Aber dort war tatsächlich eine Toilette. Es saß sogar eine Frau davor, die den Besuchenden die richtige Eingangstür zuwies … „Ist hier die Toilette?", fragte meine Begleitung die Frau demonstrativ. „Ja!" sagte sie und zeigte auf eine der Türen. „Hier lang, bitte."

„Nein, nein, wir müssen nicht", erwiderten wir und mussten lachen.

Verwirrt schaute uns die Frau an. Sie wusste ja nicht, warum wir vor ihr standen.

Lachend verabschiedeten wir uns von ihr und ich spürte, wie peinlich mir die ganze Situation war. Natürlich ärgerte ich mich auch über mich selbst. „Warum war ich nicht einfach die paar Schritte in den Gang hineingegangen?", fragte ich mich. Die Toilette war wirklich so nah gewesen. Den ganzen Wahnsinn des Herumrennens hätte ich mir wirklich ersparen können.

Aber dann wollte ich nicht mehr darüber nachdenken. Ich wollte jetzt nur noch raus aus dem Einkaufscenter und nach Hause. Da kenne ich mich wenigstens aus.

Müllentsorgung

Ich war auf dem Weg nach Hause, als mir ein Mann entgegenkam, der gerade mehrere Blätter in seinen Händen zerriss.

Unglücklicherweise fielen ihm die Papierschnipsel aus der Hand und landeten auf dem Gehweg. Manche Papierschnipsel flogen gleich davon. Zum Glück aber nicht weit.

Der Mann bückte sich und hob die Schnipsel mühsam und akribisch wieder auf. Die, die der leichte Wind etwas davongetragen hatte, sammelte er auch gewissenhaft wieder ein.

„Das finde ich toll!", dachte ich mir und freute mich darüber, dass der Mann so gut auf die Umwelt achtete.

Nachdem er alles zusammengeklaubt hatte, ging er schnurstracks auf einen Mülleimer zu, der an einer Straßenlaterne befestigt war. Er warf alles hinein und ging weiter.

Zum Glück ging er weiter … ich glaube, wenn er gesehen hätte, dass der Mülleimer unten offen war (die Bodenklappe hing herunter) und alles, was er gerade hineingeworfen hatte, wieder hinausgefallen war, hätte er sich maßlos geärgert. Immerhin hatte er sich vorher so sehr bemüht, den Gehweg sauber zu halten.

Geklappt hat das leider nicht, aber meine volle Anerkennung hat er. In diesem Fall zählt der gute Wille. Und beim nächsten Mal ist die Bodenklappe sicher wieder geschlossen.

Kleiner Held

Ich saß im Park auf einer Bank und genoss die Sonnenstrahlen, während ich andere Menschen beobachtete. Spaziergehende, alleine, mit Kindern oder mit Hunden. Menschen, die Kinderwagen vor sich herschoben, Radfahrende, Kinder und Jugendliche auf Skateboards oder Blades. Es war einiges los im Park.

Dann sah ich einen Mann auf einem Fahrrad näherkommen. Es war so ein Fahrrad mit einem Wagen vorne angebaut, in dem ein kleines Kind saß. Neben dem Fahrrad lief ein kleiner weißer Hund, dessen Schlappohren im Wind flatterten. Das sah sehr lustig aus.

Plötzlich fiel etwas Schwarzes aus dem Wagen. Vermutlich hatte das Kind etwas fallen lassen, aber der Vater hatte es nicht bemerkt.

Lediglich der kleine Hund bremste sofort ab und lief zu dem schwarzen Gegenstand zurück, der von Weitem aussah wie ein Handschuh oder eine Mütze.

Er war ganz aufgeregt, schnupperte an dem schwarzen Teil und hüpfte aufgeregt darum herum. Dann schaute er in Richtung von dem Fahrrad, das weitergefahren war. Der Mann hatte noch nicht bemerkt, dass etwas aus dem

Wagen gefallen war und der Hund nicht mehr neben dem Fahrrad herlief.

Noch immer sprang der kleine Hund mit hüpfenden Ohren um den schwarzen Gegenstand herum. Immer wieder schaute er zu seinem Herrchen und schnüffelte aufgeregt an dem auf dem Boden liegenden Teil.

Inzwischen hatte der Mann bemerkt, dass etwas nicht stimmte. Er hielt an und schaute zurück. Dann sah er seinen Hund in einigem Abstand zu seinem Fahrrad herumspringen. Vermutlich konnte er auch sehen, dass etwas Schwarzes auf dem Boden lag.

Der Hund und der Mann schauten sich an und es war klar, dass der Hund jetzt den Gegenstand zu ihm bringen würde … Jedenfalls war das für mich klar: Der Hund würde seinem Herrchen den verlorengegangenen Gegenstand bringen und zum Helden der Familie werden …

Aber nichts dergleichen geschah. Der Hund lief alleine wieder los und ließ den Gegenstand einfach liegen … Ich war enttäuscht von dem Hund! Nun musste der Mann sein Fahrrad, das durch den vorgebauten Wagen etwas schwerfällig war, mühsam rückwärts bis zu dem Gegenstand wieder zurückschieben und ihn selbst aufheben. Erst dann konnte er seine Fahrt fortsetzen.

Ein großer Held war der Hund für mich nun nicht geworden, aber immerhin hatte er sein Herrchen auf den verlorengegangenen Gegenstand aufmerksam gemacht. Das war doch schon mal ein guter Anfang auf dem Weg zum Heldentum. Man konnte ihn also durchaus jetzt schon als kleinen Helden bezeichnen.

Gesang

Auf meinem Weg ins Büro nutze ich jeden Morgen die U-Bahn.

Hier kommen viele unterschiedliche Menschen zusammen. Groß und Klein, Jung und Alt. Sie alle sind auf dem Weg irgendwohin und nutzen die Bequemlichkeit, sich fahren zu lassen. Die Fahrt mit der U-Bahn ist in einer Millionenstadt wirklich sehr praktisch.

Meistens ist jede Person mit sich selbst beschäftigt. Die Menschen lesen, mal ein Buch oder auf dem Handy, manche dösen vor sich hin. Einige unterhalten sich oder telefonieren leise.

Auffallend ist, dass viele kleine Kinder bereits auf Handys spielen. Sie scheinen sich gut damit auszukennen.

Die Fahrt verläuft in der Regel recht ruhig und jede Person ist irgendwie mit sich selbst beschäftigt.

Aber es gibt auch Ausnahmen: Eines Morgens stieg ein Mann mit einem etwa sechs- bis siebenjährigen Mädchen in die U-Bahn ein. Der Mann hatte Glück, sofort für sich und sein Kind einen Sitzplatz ergattern zu können. Da die beiden mir nun gegenübersaßen, hatte ich sie voll im Blick. Beide sahen gut gekleidet aus: Der

Mann trug einen Anzug und das Mädchen ein schwarzes Kleidchen. Die langen glatten schwarzen Haare waren mit weißen Schleifen rechts und links zu Zöpfen gebunden. Die beiden hatten eindeutig asiatische Herkunftswurzeln.

Das kleine Mädchen schaute sich neugierig in der U-Bahn um. Dann setzte sie sich plötzlich ganz gerade und aufrecht hin und begann, unbeschwert und fröhlich zu singen. Und nicht nur leise vor sich hin, sondern sehr laut und eindringlich. Verstehen konnte ich den Text nicht, aber das Lied klang lustig und kindgerecht.

Der Vater gab seinem Kind ein Zeichen, leiser zu sein, doch das kleine Mädchen ließ sich nicht stoppen.

Nach und nach füllte sich der U-Bahnwagen mit ihrer Stimme und immer mehr Fahrgäste schauten zu dem Kind, das eine unbekümmerte Fröhlichkeit ausstrahlte und freundlich dreinschaute.

Der Vater gab schließlich seine Versuche auf, das Kind zur Stille zu bewegen und ließ es einfach singen.

Ich glaube, das war eine gute Idee, denn die Reaktionen auf das Singen waren einfach nur schön: Die Fahrgäste grinsten, manche lachten, andere wiederrum hörten amüsiert zu. Die Stimmung in der U-Bahn war gelöst und entspannt.

Ich glaube, für einen Moment lang wurde jeder Mensch in dem U-Bahnwagen aus dem Alltagstrott herausgerissen und genoss die Ablenkung der musikalischen Unterhaltung. Die Fröhlichkeit der Lieder spiegelte sich in den Gesichtern wider.

Als der Mann mit dem Kind wieder ausstieg, trat die übliche Stille und Morgenstimmung schnell wieder ein. Aber vielleicht, und das hoffe ich, konnte jeder Mitfahrende etwas von dieser kindlichen Unbeschwertheit mit in den Alltag nehmen.

Ich konnte das. Ein herzliches Dankeschön an die kleine, begabte Sängerin.

Segen

Freunde von mir spielen in einer Musikband und hin und wieder treten sie als musikalische Untermalung in Gottesdiensten auf.

So auch an jenem Freitag, über den sie mich über ihren Auftritt informierten und ich mich am frühen Abend auf den Weg zu der Kirche machte.

Ich freue mich immer, die Freunde zu sehen und ihnen zuzuhören, wenn sie musizieren. Sie machen das mit Liebe und Leidenschaft und es gibt immer einige Lieder bei solchen Veranstaltungen, die mir gut gefallen.

Es waren nur wenige Leute in der Kirche, aber das spielte für den Ablauf des Gottesdienstes und die musikalischen Darbietungen keine Rolle. Es passte alles zusammen und es war ein schöner Abend.

Zum Schluss des Gottesdienstes hatten wir die Möglichkeit, uns im Kreis aufzustellen, am Abendmahl teilzunehmen oder uns segnen zu lassen.

Ich entschied mich für zweiteres und begab mich in den großen Kreis, den die Anwesenden gebildet hatten. Da das Thema an diesem Gottesdienstabend „Licht" war, bekam jede anwesende Person ein Teelicht überreicht, von denen einige kurze Zeit später angezündet wurden. Hiernach wurde die Flamme von Kerze zu Kerze weitergegeben. Das war ein sehr schönes Ritual.

Als nächster Schritt folgte das Abendmahl oder der Segen.

Die Pastorin betrat den inneren Kreis und ging von einer anwesenden Person zur nächsten. Entweder übergab sie das Abendmahl (Hostie und Wein) oder erteilte den Segen.

Dann war ich an der Reihe. So wie wir es erklärt bekommen hatten, legte ich eine Hand auf mein Herz und senkte den Kopf. Die Pastorin erkannte daran, dass ich nicht am Abendmahl teilnehmen, sondern gesegnet werden wollte. Sie stellte sich vor mich hin, hob beide Hände segnend über meinen Kopf und segnete mich mit einigen Sätzen, die ich aber leider nicht verstand, da sie sehr leise sprach.

Aber es fühlte sich gut an. Das kann ich mit Sicherheit sagen. Als ich meinen Kopf wieder hob, fühlte ich mich irgendwie leichter.

Nach dem Segen gab es noch einige freundliche Worte von der Pastorin, ein paar schöne Lieder von der Band und schließlich machte ich mich gut gelaunt auf den Weg nach Hause.

Drei Tage später ging es mir nicht gut und ich machte einen Corona-Test. Positiv! Da hatte ich wohl ins Schwarze getroffen.

Natürlich habe ich hin und her überlegt, wo ich mich angesteckt haben könnte. Zeit genug zum Überlegen hatte ich ja, da ich nicht arbeiten gehen konnte. Dann fiel mir der Gottesdienst ein und der Moment, als ich den Segen erhalten hatte. Konnte das die Ansteckungsquelle gewesen sein? Die Pastorin hatte ja sehr nah vor mir gestanden, als sie mich segnete. Aber dann sah es vermutlich gesundheitlich auch nicht so gut für die anderen Gottesdienstbesuchenden aus, die gesegnet worden waren …

Oder hatte ich den Segen der Pastorin nicht verdient gehabt? Trotz meiner christlichen Lebenseinstellung bin ich schließlich keiner Religion mehr zugehörig.

Den Grund für die Ansteckung werde ich wohl nicht herausbekommen, aber der Segen der Pastorin hat sicher nichts mit Corona zu tun. Den Virus habe ich vermutlich schon in mir getragen, als ich zum Gottesdienst gegangen bin. Wenn man die öffentlichen Verkehrsmittel, die oft überfüllt sind, regelmäßig nutzt, ist eine Ansteckung schnell möglich, auch wenn man sich schützt. Aber natürlich kann es auch anderswo passiert sein.

Vielleicht hat der Segenswunsch mir aber geholfen, die Infektion ohne einen schweren Verlauf zu überstehen. Daran will ich jetzt einfach mal fest glauben. Schließlich habe ich mich nach dem Segen gut und sicher gefühlt. Und so soll es auch bleiben.

Klassentreffen

Endlich, nach fast 40 Jahren gab es ein Klassentreffen. So lange hatte ich die meisten meiner ehemaligen Mitschüler*innen schon nicht mehr gesehen.

Anfangs war ich etwas skeptisch, ob das überhaupt Sinn machen würde. Schließlich wohne ich schon lange nicht mehr in meinem Heimatdorf. Aber die Neugierde siegte und so sagte ich schließlich zu.

Die Organisierenden hatten das Treffen gut vorbereitet: Starten sollte es mit einem Spaziergang etwa 1,5 Stunden von unserem Heimatdorf entfernt. Wir würden dann in Richtung Dorf spazieren und in dem dortigen Restaurant einkehren, essen, trinken und quatschen.

Das klang alles nach einem gut ausgedachten Plan und auch das Wetter spielte an diesem Tag mit.

Zunächst traf ich im Dorf selbst auf die ersten ehemaligen Mitschüler*innen, da wir gemeinsam zum Anfangspunkt unseres Spaziergangs gefahren werden sollten. Das Wiedersehen war eine große Freude. Man hatte sich so viele Jahre nicht mehr gesehen, aber irgendwie schweißte uns die gemeinsame Vergangenheit noch immer zusammen.

Nun wurden wir zu dem Treffpunkt gefahren, wo wir auf die anderen Mitspazierenden treffen sollten.

Die Stimmung im Auto war gut und ich war gespannt, wie das weitere Wiedersehen verlaufen würde.

Als wir ankamen, wurden wir bereits von den anderen erwartet und es gab ein großes „Hallo".

Aber 40 Jahre forderten ihren Tribut: Ich hatte Probleme, alle Leute sofort zu erkennen. Das war mir anfangs etwas unangenehm, ich stellte aber dann fest, dass es nicht nur mir so ging. Was für eine Erleichterung.

Wir gingen also von einem zum anderen und stellten uns quasi neu vor. In dem Moment jedoch, in dem man vor einer Person stand, die Mimik, die Stimme oder das Gesicht genauer wahrnahm, klärten sich manche Fragen nach der Person schnell wieder. Es gab immer das ein oder andere Vertraute, das einem half, die Person wiederzuerkennen.

Selbst unsere ehemalige Klassenlehrerin war gekommen. Was für eine schöne Überraschung.

Die Stimmung war gut und wir freuten uns alle darüber, dass unser Klassentreffen nach vielen Jahren nun endlich stattfand.

Wir machten uns auf den Weg quer durch den Wald ins Dorf. Wir redeten, mal zu zweit oder zu mehreren und während des Spazierganges wechselten wir ab und zu die Gesprächspartner.

Nach einem Zwischenstopp erreichten wir schließlich das Restaurant, in das noch mehr ehemalige Mitschüler*innen aus unserer Klasse kamen, die nicht mit uns spazieren gegangen waren. Die Gruppe war nun größer geworden.

Es war ein schöner Abend mit vielen alten Geschichten, Interessantem aus den aktuellen Leben, gutem Essen und dem ein oder anderen kühlen Getränk. Kurzum: Es war ein gelungenes Klassentreffen.

Als ich schließlich wieder im Zug nach Berlin saß und zurückdachte, war ich froh, dabeigewesen zu sein.

Vielleicht muss man nicht immer vorher nach einem Sinn suchen, bevor man an etwas teilnimmt. Mit Freude dabei zu sein und schöne Stunden zusammen zu verbringen, sind schließlich das Sinnvollste, was man mit seiner Zeit anfangen kann.

Schmuckstücke

Wer hin und wieder einen Flohmarkt besucht, dem sind vielleicht die Auslagen bekannt, auf denen Handelnde Schmuck anbieten.

Nicht alle legen den Schmuck ordentlich sortiert auf den Verkaufstisch. Es gibt auch Handelnde, die den Schmuck auf großen Tüchern einfach nur ausbreiten. Dieser ist aber nicht sortiert. Die Handelnden schütten ihre Angebotsware einfach lose aus.

Das ist für eine Person, die einen Ring oder ein Armband sucht an und für sich für kein Problem. Das Problem offenbart sich erst dann, wenn man ein paar Ohrringe oder, wie im Fall meines Begleiters, Manschettenknöpfe sucht. Ohne einen zu hohen Anspruch haben zu wollen, sollten diese Schmuckstücke doch irgendwie auch zusammenpassen, wenn man sie trägt.

So standen wir also eines Sonntags vor der ausgebreiteten Schmuckware eines Händlers. Ein riesiger Berg Ketten, Ringe, Broschen, Uhren, Anhänger und viele andere glänzende Einzelteile lagen vor uns. Und dazwischen immer wieder mal Manschettenknöpfe.

Da! Jetzt hatte mein Begleiter einen Manschettenknopf entdeckt, der ihm gut gefiel. Die Jagdsaison war eröffnet! Wir begannen, den Tisch systematisch abzugrasen, schoben jeden

Berg Schmuck sorgfältig auseinander, entwirrten ineinander verhakte oder verknotete Ketten und legten besonders schöne Schmuckstücke vorsichtig zur Seite. Natürlich fanden wir auch Manschettenknöpfe. Aber leider passten sie nicht zu dem, der vorher in die engere Auswahl zum Kauf gekommen war.

„Gibt es hiervon einen zweiten Manschettenknopf?", fragte mein Begleiter schließlich den Händler. „Ja", sagte dieser. „Der muss hier auch liegen." Er zeigte auf seinen Warentisch.

Nun gut, die Suche sollte also weitergehen.

Inzwischen hatte der Händler uns einen flachen Behälter gegeben, in den wir alle bisher gefundenen Manschettenknöpfe hineinlegen konnten. Und das waren nicht wenige. Zumindest hatten wir das Gefühl, dass wir in das Durcheinander von Schmuckstücken langsam etwas Ordnung hineinbrachten.

Der Händler beobachtete uns streng. Vielleicht hatte er Angst, wir würden etwas stehlen. Aber, ehrlich gesagt, es gab nichts auf dem Tisch, mit dem es sich gelohnt hätte, davonzulaufen.

Wir durchforsteten also weiter den glitzernden Stapel auf dem Tisch und immer wieder gesellten sich andere Menschen zu uns, die ebenfalls nach Schmuck schauen wollten. Sie bekamen mit, wonach wir suchten und begannen ebenfalls, gefundene Manschettenknöpfe auszusortieren. Unsere Suche wurde jetzt zu einem Happening ...

Wir waren die Eifrigsten und unsere Ausbeute an Manschettenknöpfen nach ca. 1,5 bis 2 Stunden Suche konnte sich sehen lassen. Und, zu unserer großen Freude, gab es auch tatsächlich Manschettenknopfpaare. Mein Begleiter war glücklich. Schlussendlich waren wir also fündig geworden und die ganze Arbeit hatte sich gelohnt.

Für den Händler auf jeden Fall auch. So einen ordentlich aufgeräumten Tisch hatte er sicher noch nie gehabt.

Bezahlen mussten wir die Manschettenknöpfe trotzdem. Irgendwie hatte ich erwartet, dass er uns vielleicht wenigstens ein paar schenken würde, nachdem wir uns so intensiv um sein Durcheinander gekümmert hatten. Aber scheinbar hat ihn das Durcheinander nicht gestört. Es gab wohl immer Verrückte, die sich trotzdem auf sein Angebot stürzten. So wie wir.

„Sie sollten die Manschettenknöpfe sortiert zusammenlassen", sagte mein Begleiter zu dem Händler, als wir den Stand schlussendlich verließen. Aber ob der Händler sich daran halten würde? Ich weiß es nicht, aber jedenfalls gab ich mir nun große Mühe, meinen Begleiter an jedem

Stand, der seine Schmuckstücke unsortiert ausgelegt hatte, vorbeizulotsen. Es hatte zwar Spaß gemacht und war irgendwie auch spannend gewesen, nach zusammenpassenden Manschettenknöpfen zu suchen, aber jeder Spaß hat auch mal ein Ende.

Tropical Fruit

Hand aufs Herz! Wer hatte schon mal eine Darmspiegelung?

Das ist ab einem gewissen Alter durchaus sinnvoll und notwendig. Das fand meine Ärztin auch und empfahl mir, mich um einen Termin zu kümmern.

Ich denke, ich bin ein gehorsamer Patient und da ich weiß, dass meine Ärztin es immer gut mit mir meint, machte ich einen Termin zur Darmspiegelung bei einem Gastroenterologen aus. Ich bin kein großer Fan von Vorsorgeuntersuchungen, aber was sein muss, muss sein!

Zunächst gab es bei dem Gastroenterologen einen Beratungstermin, der zwei Wochen vorher stattfand und bei dem ich ein Formblatt ausfüllen musste, danach erfolgte noch ein kurzes Gespräch mit dem Arzt.

Nachdem ich dieses Prozedere hinter mich gebracht hatte, händigte mir die Sprechstundenhilfe noch eine Box aus, in dem sich ein Pulver befand, das ich einen Tag vor der Darmspiegelung glasweise trinken sollte. Das Essen sollte ich dann einstellen. Bereits einige Tage vor der Untersuchung hatte ich auf lockere und leichte, möglichst kernlose Kost zu achten.

Was tut man nicht alles für die Gesundheit.

Als der Tag vor der Untersuchung gekommen war, wollte ich mir den ersten, ich nenne ihn mal Säuberungsdrink, zubereiten. *Tropical Fruit* stand auf der Packung, in dem sich das Getränkepulver befand, das ich in Wasser anrühren und zügig trinken sollte.

„Klingt gut", dachte ich mir. „Tropical Fruit schmeckt bestimmt sehr fruchtig."

Ich füllte mir ein großes Glas mit Wasser, schüttete das Pulver hinein, rührte ordentlich um und trank …

Im ersten Moment schmeckte das Getränk relativ gut, aber je mehr meine Geschmacksnerven im Mund mit der Flüssigkeit in Berührung kam, desto größer wurde meine Gänsehaut. Für mich schmeckte das überhaupt nicht nach tropischen Früchten. Es kostete mich sogar einige Überwindung, das große Glas zu leeren. Als ich ausgetrunken hatte, schüttelte es mich. „Bäh!", sagte ich laut und bekam wieder eine Gänsehaut. „Was war das denn?", fragte ich mich. „Und hiervon soll ich mir im Laufe des Tages noch mehr Gläser zubereiten?" Und so war es wohl auch: Es stand auf der Packung und so hatte es mir die Sprechstundenhilfe auch gesagt.

Mich schauderte, aber bis zum nächsten Glas hatte ich erstmal Zeit und ich redete mir gut zu, dass die folgenden Gläser sicher besser schmecken würden. Es bleibt halt immer die Hoffnung, dass alles besser wird.

Als ich mir im Laufe des Tages nach und nach immer wieder ein Glas von dem Getränk zubereitete und zu mir nahm, kostete es mich von Mal zu Mal mehr Überwindung, das Glas auszutrinken. Zur Ablenkung versuchte ich, an die lustigen Videoclips zu denken, in denen Kleinkinder das mit dem Löffel gefütterte Essen, das sie nicht mögen, einfach wieder ausspucken und dann den Mund nicht mehr öffnen, wenn sie noch mehr davon zu sich nehmen sollen. Das hätte ich am liebsten auch so gemacht. Aber ich wusste ja, dass das alles keinen Sinn machen würde. Ohne diese Selbstreinigung konnte keine Darmspiegelung stattfinden.

Irgendwie musste ich also da durch.

Als ich schließlich das letzte Glas hinter mir hatte, war ich erleichtert. Aber der Geschmack dieses Getränkes blieb mir noch lange erhalten. Nicht nur im Mund, sondern auch im Gedächtnis.

Am nächsten Morgen brachte ich die Untersuchung hinter mich und es war, zu meiner großen Freude, alles in Ordnung.

Als ich die Arztpraxis verließ, konnte ich es mir nicht verkneifen, die Sprechstundenhilfe zu fragen, wer sich den Namen *Tropical Fruit* für dieses Getränk einfallen lassen hat. Sie schaute mich an und lachte nur. Vermutlich wurde sie das öfter gefragt.

Aber, zugegeben, würde es *Gärende Früchte* heißen, wäre das vielleicht ehrlicher, aber man würde schon mit einem schlechten Gefühl aus der Praxis gehen, wenn man die Box mit dem Pulver nach dem Beratungsgespräch in die Hand gedrückt bekommt. Mit *Tropical Fruit* bleibt einem wenigstens bis zum ersten Glas die Hoffnung auf einen fruchtigen, tropischen Drink.

Vielleicht sollte ich irgendeinem Forschungsinstitut mal schreiben, dass sie dringend an der Geschmacksrichtung *Tropical Fruit* arbeiten müssen.

Wenn es wieder so weit ist, werde ich natürlich wieder eine Darmspiegelung machen lassen, aber ich würde mich wirklich freuen, wenn die Geschmacksrichtung *Tropical Fruit* dann Urlaubsgefühle in mir auslösen würde: Sonne, Wärme, Strand und Wohlbefinden. Das wäre doch mal was … Wie gerne würde man dann zu einer Vorsorgeuntersuchung gehen.

Wintergans

Gänsebrust, Knödel, Rotkohl und Rotwein. Und das alles an einem kalten, dunklen Winterabend im Dezember. Wie klingt das?

Ich fand, dass das sehr gut klang und freute mich bereits auf einen gemütlichen Abend zu Hause.

Als die Gänsebrust im Ofen vor sich her brutzelte und die Knödel im Wasserbad langsam aufquollen, köchelte der Rotkohl bereits im eigenen Sud, verfeinert mit Himbeermarmelade und Rotwein. Roch das gut. Damit die Gänsebrust nicht zu trocken sein würde, sollte es noch eine Soße zum Essen dazu geben.

Die Vorbereitungen liefen also. Jetzt hieß es nur noch: Warten und dann essen! So schön konnte eine Woche also enden.

Der Essensduft durchzog schon die ganze Wohnung und der Appetit wurde immer größer.

Bis das Essen fertig sein würde, zogen wir uns ins Wohnzimmer zurück und übten uns in Geduld. Lange würde es nicht mehr dauern, bis wir essen konnten.

„Ich schau mal nach dem Essen", dachte ich nach einiger Zeit und öffnete die Wohnzimmertür … Völlig erschrocken sah ich, dass die Diele komplett verqualmt war. Dichter Rauch vernebelte meine Sicht. Im gleichen Moment schaltete sich der Rauchmelder an der Dielendecke ein. Ein lauter, grell piepender Alarmton fuhr in mein Gehör und mein Adrenalinspiegel hatte vermutlich Schallgeschwindigkeit erreicht.

Ich rannte los: Jetzt war Multitasking angesagt! Rein in die Küche, schnell, aber vorsichtig die Töpfe vom Herd ziehen. Herd ausschalten. Fenster öffnen. Und dann mit einem Küchenstuhl in der Hand schnell zurück in die Diele, rauf auf den Stuhl und den Rauchmelder ausschalten. Dann wieder runter vom Stuhl und weitere Fenster öffnen, bevor der Rauchmelder sich wieder einschaltete … Was für eine Hektik! Ich war ganz aufgeregt, das Adrenalin pumpte durch meinen Körper und mein Herz klopfte wie wild.

Ich schaute mich um: Mehr konnte ich nun nicht mehr tun. Der Rauch musste jetzt verfliegen und dann war wohl wieder alles in Ordnung. Dachte ich jedenfalls.

Denn als ich mich wieder beruhigt hatte, stellte ich fest, dass der Rotkohl und auch die Soße so fest in die Töpfe eingebrannt war, dass weder Rotkohl und Soße, noch die Töpfe zu retten waren. „Was für ein Stress!", schoss es mir durch den Kopf. Dabei hatte ich hatte mich so auf einen ruhigen Abend mit gutem Essen gefreut.

Dann schaute ich auf die Uhr: Ein Baumarkt mit Haushaltswaren, der sich in der Nähe befindet, hatte noch geöffnet. Also spurtete ich los und kaufte schnell zwei neue Töpfe.

Schlussendlich gab es dadurch später dann doch noch ein gutes Essen, wenn auch ohne Rotkohl, denn davon hatten wir leider nichts mehr da. Aber immerhin gab es Gans, Knödel und Soße. Und den Rotwein hatten wir ja auch noch.

Einen gemütlichen Winterabend hatte ich mir irgendwie vom Anfang bis zum Ende entspannter vorgestellt. Aber wir sind satt geworden und geschmeckt hat es auch, das war nach der ganzen Aufregung dann wirklich das Wichtigste!

Hygiene

Wir waren in einem Wellnessbad und ich hatte es mir auf einem Liegesessel mit einem Buch im Ruhebereich bequem gemacht. Eingekuschelt in meinem Bademantel entspannte ich mich.

Mein Blick fiel auf die anderen Anwesenden, die die Ruhe sichtlich genossen.

Mir gegenüber saßen eine Frau, ein Mann, und zwei Kinder, die offensichtlich alle vier zusammengehörten. Das eine Kind war etwa sieben Jahre alt, das andere wird ca. zwölf Jahre alt gewesen sein. Die Familie hatte es sich mit Getränken und Speisen im Ruhebereich gemütlich gemacht. Kleine Tischchen zwischen den Liegesesseln machten das Abstellen von Getränken und Speisen leicht möglich.

Die Mutter ging irgendwann kurz weg und als sie zurückkam, hatte sie kleine Eisstückchen in den Händen, die sie aus dem Saunabereich mitgenommen haben musste. Diese kleinen Eisstückchen rieb sich nun ihren Kindern, die versunken in ihren Büchern blätterten, auf die Haut. Die plötzliche Kälte ließ die beiden laut aufschreien und lachen. Die Familie hatte Spaß und niemand störte sich am Gelächter.

Kurze Zeit später verließen die Frau und der Mann die Kinder und die beiden Kleinen machten es sich auf ihren Liegesesseln wieder bequem.

Dann kam Bewegung in die Szene: Das kleinere Kind stand auf, hockte sich hin und wischte mit den Händen auf dem Boden etwas auf. Ich schaute genauer hin und sah, dass das Kind die auf den Boden gefallenen Eisstückchen zusammenschob, aufhob und in sein Getränkeglas warf. Dann setzte es das Glas an seinen Mund …

Bevor das Kind aber zum Trinken kam, schrie das ältere Kind: „Nein! Das darfst du nicht trinken!"

Das kleinere Kind erschrak und setzte das Glas schnell wieder auf dem Tischchen ab.

Dann erfolgt eine Erklärung über Bakterien, Dreck, barfußlaufende Menschen etc. etc.

Mir wurde selbst ganz mulmig zumute und ich war irgendwie erleichtert, dass das Kind das Getränk mit den Eisstückchen nicht ausgetrunken hatte. Das war wirklich ein ekliger Gedanke.

Zum Glück hatte das ältere Kind aufgepasst.

In meiner Kindheit hieß es immer, dass Dreck den Magen scheuere, wenn wir mal wieder mit Sand zwischen den Zähnen aus dem

Sandkasten nach Hause kamen. Aber von Bakterien war nie die Rede.

Den Sand hat mein Magen wohl gut verkraftet, aber mehr Ungesundes sollte man nicht im Magen haben. Das fühlt sich nicht gut an. Auf manche Erfahrungen kann man halt getrost verzichten, auch wenn ein Getränk mit Eiswürfeln verlockend wirkt.

Valentinstag

Für manche Menschen ist der Valentinstag etwas Besonderes: Blumen, Pralinen und Präsente werden an liebe Menschen verschenkt. Herzliche Nachrichten und kleine Aufmerksamkeiten machen den Tag für so manchen Menschen rund. Und manche Menschen werden zum Essen ins Restaurant eingeladen.

Wir waren am Valentinstag im Restaurant. Hier saßen junge Paare, Eheleute oder Gruppen von Menschen zusammen, die aber sicher nicht alle nur wegen des Valentinstages dort waren.

Am Nachbartisch jedoch saß ein junges Paar, das offensichtlich diesen besonderen Tag genießen wollte. Beide hatten sich schick angezogen und blickten sich immer wieder intensiv in die Augen.

Dann kam das Essen für beide und sie wollten es sich schmecken lassen.

Das Paar hatte sich gerade die Gabeln mit Essen gefüllt und Richtung Mund geführt, als die Frau begann, etwas zu sagen. Der Mann schaute sie an und da das Essen noch heiß zu sein schien, versuchte er, sein Essen kalt zu pusten. Während des Pustens war sein Blick voll auf die Frau gerichtet. Er hing förmlich an ihren Lippen.

Nach einigem Pusten führte er seine Gabel dann zu seinem Mund und erstarrte: Sein Essen war bereits beim Anheben der Gabel wieder auf den Teller zurückgefallen. Er hatte quasi die ganze Zeit über nur die leere Gabel angepustet.

Cool überging er diese Situation und sie sagte auch nichts. Auch lachten beide leider nicht darüber, obwohl auch sie es bemerkt haben musste. Schließlich schwebte seine Gabel vorher zwischen ihren beiden Gesichtern.

Auf jeden Fall genossen die beiden nun weiterhin ihr Essen und verließen nach einer Weile entspannt das Restaurant.

Wäre doch schön, wenn die beiden auch in Zukunft über solche kleinen Missgeschicke hinwegsehen oder sogar lachen könnten. Schließlich hält Lachen jung und macht das Leben etwas leichter. Und gemeinsam Lachen hat noch keiner Beziehung oder Freundschaft geschadet.

Übersetzung

Ein Spanienurlaub ist doch immer wieder etwas Schönes: Man kann die Sonne genießen, die Landschaft und, wenn man in der Nähe des Meeres ist, natürlich das Wasser und zuletzt natürlich traditionelles Essen. Und man kann die Spanier*innen beobachten. Ihre Lebensart, ihr Verhalten im Alltag. Wenn man die spanische Sprache beherrscht, macht ein Urlaub in Spanien natürlich noch mehr Spaß und man wird irgendwie zu einem Teil von Spanien.

Vor einigen Jahren habe ich begonnen, Spanisch zu lernen. Leider nicht so erfolgreich, aber immerhin reicht es aus, um nicht zu verhungern. Leider sprechen die Spanier*innen oft sehr schnell und ich kann deren Worten kaum folgen.

Aber in Spanien zu sein, ist trotzdem immer wieder schön.

An einem sonnigen Nachmittag saßen wir in einem spanischen Ort auf einer Bank an einem Dorfplatz. Es machte Spaß, die Menschen zu beobachten. Touristen gab es kaum und der Platz war mit Einheimischen gefüllt.

Angestrengt versuchte ich, zu verstehen, worüber sich die Menschen in ihrer Landessprache unterhielten und hier und da verstand ich sogar ein paar Wörter.

Ganz in unserer Nähe spielte ein etwa sechsjähriger Junge mit einer älteren Dame, ich denke, es war seine Oma, Fußball. Das heißt, sie kickten einen Ball zwischen sich hin und her.

Das Kind hatte sichtlich Spaß und auch die ältere Dame schien die Zeit mit dem Kind zu genießen.

Dann hörte ich, wie das Kind etwas zu seiner Oma rief und ich stutzte. Wenn ich das, was ich verstanden hatte, auf Deutsch übersetzte, schien es mir aber absurd zu sein.

Ich schaute zu meiner Begleitung, die neben mir auf der Bank saß und sagte ihm, was ich gerade verstanden hatte: „Oma, du bist die beste Hure auf der ganzen Welt."

Mein Begleiter schaute mich an und lachte los. Dann sagte er: „Ich glaube, das hast du falsch verstanden."

Ich nickte. Ja, das hatte ich sicher falsch verstanden. Ich schaute zu der älteren Dame herüber. Sie kickte gerade den Ball zu ihrem Enkel rüber und lachte dabei. „Ja!", dachte ich, „das muss ich definitiv falsch verstanden haben. Keine Oma würde mit ihrem Enkel weiter Fußball spielen, wenn dieser sie gerade als Hure betitelt hatte."

Oder? Trotz dem Spruch „Andere Länder, andere Sitten.", schien das doch eher sehr abwegig zu sein, dass die ältere Dame nach einem solchen Satz noch lachend mit ihrem Enkel einen Ball hin und her kicken würde. Wohl in keinem Land.

Sprachverwirrung

Ich saß in der U-Bahn und war auf dem Weg nach Hause.

An einer Station stiegen drei etwa dreizehnjährige Jungs ein, die sich in der Nähe auf freie Plätze setzten und sich unterhielten und lachten. Das Gespräch war laut genug, so dass ich verstehen konnte, dass es um Fußball, U-Bahn fahren, Schule und Freizeit ging.

Eine Station weiter stiegen zwei Mädchen in den U-Bahnwagen ein. Sie hatten in etwa das gleiche Alter der drei Jungs und waren ganz aufgeregt. Ich konnte sie nicht verstehen, da sie ukrainisch oder polnisch miteinander sprachen. Genau konnte ich die Sprache nicht zuordnen, aber die beiden redeten laut miteinander und kicherten immer wieder.

Dann entdeckten sie die drei Jungs, die in ihrer Nähe saßen. Sie schauten immer wieder zu den Jungs rüber und es war mehr als offensichtlich, dass die Jungs nun das Gesprächsthema der Mädchen waren.

Die Jungs bemerkten das natürlich, blieben aber cool und versuchten, sich nichts anmerken zu lassen. Ab und zu lachten sie und schauten zu den Mädchen rüber.

Es war ein Wechselspiel zwischen Ignorieren und Interesse.

Das ging über ein paar Stationen so, bis die Jungs sich aufmachten, aufzustehen und auszusteigen.

Noch einmal flogen die Blicke der fünf. quer durch den U-Bahnwagen. Grundsätzlich schien man Gefallen aneinander gefunden zu haben.

Was dann passierte, überraschte mich sehr: Die Jungs sagten etwas zu den Mädchen in deren Landessprache und verabschiedeten sich dann von ihnen. Die Mädchen guckten völlig irritiert.

Dann verließen die Jungs den Wagen und es war den Mädchen anzusehen, dass nicht alles, was sie gesagt hatten, für die Ohren der Jungs bestimmt gewesen war: Sie liefen rot an, hielten sich die Hände vor den Mund und kicherten sehr nervös.

Ich musste lachen: Man sollte sich halt nie sicher fühlen, wenn man über andere spricht. Die Welt ist kleiner geworden und jemand Unbekanntes könnte einem näher sein, als man denkt.

Alterssprung

Zugegeben, manchmal teilen einem die eigenen Gelenke mit, welches Alter man erreicht hat. Auch die Haut, Haare, soweit man noch welche hat, und die Energie verändern sich im Laufe des Lebens. Wichtig ist, dass man mit sich selbst zufrieden und im Reinen ist.

Von den körperlichen Altershinweisen abgesehen, fühlen wir uns meist eher jung, fit und gut und unser gesunder Egoismus suggeriert uns, dass auch andere unsere „ewige Jugend" wahrnehmen. Bis zu dem Moment, der alles verändert ...

Nach einem erledigten Arbeitstag stieg ich in die U-Bahn ein und fühlte mich noch fit, so dass ich darüber nachdachte, eine Station vor meinem Ziel früher aus der Bahn zu steigen. Dann könnte ich noch ein Stück durch den Park Richtung nach Hause spazieren.

Mit diesem Gedanken beschäftigt, schaute ich mich im U-Bahn-Wagen um, ob es vielleicht noch einen Sitzplatz gab.

Ein junger Mann sah meine suchenden Blicke, stand auf und gab mir ein Zeichen, dass ich mich hinsetzen könne.

Ich bedankte mich und setzte mich hin.

Dann traf es mich wie ein Schlag: Hatte ich gerade einen Sitzplatz angeboten bekommen? Für wie alt hielt mich der junge Mann? Mein Kopf rotierte.

Eben noch fühlte ich mich jung und fit und mit einem einzigen Satz wurde ich in eine höhere Alterskategorie geschleudert. Ich war erschüttert. Sah ich so alt aus?

Ich atmete ein paarmal tief durch und ging den Augenblick nochmal durch, seit ich die Bahn betreten hatte. Vielleicht hatte ich unsicher gewirkt, als ich gedankenversunken in den Wagen eingestiegen bin oder vielleicht hatte mich der Arbeitstag doch mehr angestrengt als ich dachte und ich sah müde aus. Vielleicht war der junge Mann aber auch einfach nur aufgestanden, da er lieber stand als saß. Oder vielleicht war ihm beim Sitzen langweilig geworden …

Fragen über Fragen, aber Antworten gab es keine. Der junge Mann war inzwischen ausgestiegen.

Nun gut, beschloss ich, egal was ihn dazu bewogen hatte, mir seinen Platz anzubieten: Ich saß gut und bequem, während die anderen Fahrgäste sich in den Stehbereichen unangenehm aneinanderdrängen mussten. So gesehen hatte der junge Mann mir also wirklich einen Gefallen getan. Ich überlegte: Vielleicht wollte der junge Mann einfach nur freundlich sein und da er bald aussteigen wollte, hatte er mir seinen Platz angeboten.

Dieser Gedanke gab mir mein gutes Gefühl zurück und älter als der junge Mann, der aufgestanden war, war ich in jedem Fall. Ich hätte locker sein Vater sein können. Und, sowieso, wann beginnt das Alter, ab dem für einen aufgestanden wird? Festgeschriebene Regeln wird es kaum geben. Mir scheint, der junge Mann fängt einfach sehr früh damit an, aufmerksam zu sein. Und das ist ein schöner Charakterzug.

Mit diesem Gedanken saß ich doch gleich viel entspannter auf meinem Platz.

Beobachtung

Schräg gegenüber von mir in der U-Bahn saß eine Frau mit einem etwa 8-jährigen Kind. Ich denke, es waren Mutter und Sohn.

Die Mutter schaute während der Fahrt vor sich hin und telefonierte mit dem Handy, während der Junge sich offensichtlich langweilte. Vielleicht hatte er aber auch einfach nur Hunger. Jedenfalls befand sich ein Finger des Jungen sehr tief in seiner Nase und er war auf der Suche nach … Das lass ich mal einfach so auf diesem Blatt stehen …

Aus dem Augenwinkel heraus musste die Mutter dann bemerkt haben, womit ihr Sohn sich gerade beschäftigte und zog seinen Arm weg, so dass der Finger aus der Nase glitt. Dann widmete sie sich wieder ihrem Telefonat.

Natürlich dauerte es keine 30 Sekunden, bis der Junge den Finger wieder in der Nase hatte.

Und wieder unterbrach die Mutter ihr Telefongespräch, zog den Arm ihres Sohnes zur Seite und sagte etwas, das ich aber nicht verstehen konnte.

„Das kann eine spannende Beobachtung werden. Mal sehen, wer dieses Spiel gewinnt", dachte ich.

Dann telefonierte die Mutter weiter und, wie zu erwarten, glitt der Finger des Jungen wieder in die Tiefen seiner Kindernase. Scheinbar hatte der Junge sein Ziel noch nicht erreicht. Er sah jedenfalls sehr beschäftigt und bemüht aus.

Plötzlich drehte sich die Mutter wieder zu ihrem Sohn hin, unterbrach ihr Telefonat und schimpfte mit ihm, während sie wieder Anstalten machte, ihm den Arm wegzuziehen, so dass der Finger aus der Nase rutschen sollte.

Aber diesmal war der Sohn schneller: Schwupp, hatte er seinen Finger aus der Nase gezogen und in den Mund gesteckt. Jetzt war er wohl erfolgreich bei der Jagd gewesen.

Die Mutter war jetzt sehr aufgeregt und redete auf ihn ein.

Aber es war zu spät: Das Geschehene ließ sich nicht mehr rückgängig machen.

Der Junge schaute seine Mutter nur an und ließ sie schimpfen. Sein Blick ließ ihn nur wieder gelangweilt aussehen ... oder hungrig ... Ich weiß es nicht, aber vielleicht wartete er nur wieder ab, dass seine Mutter ihr Telefonat fortführte. Dann würde das Spiel vielleicht wieder von vorne losgehen ... Wer weiß? Zum Glück musste ich an der nächsten Station aussteigen ... man muss ja nicht wirklich alles bis zum Schluss beobachten.

Wortspiel

Manchmal können kleine Wörter einen großen Unterschied machen ...

Wir waren aus dem Regionalzug ausgestiegen und sollten wegen einer Baustelle in der Unterführung über eine behelfsmäßige Brücke über die Gleise auf die andere Seite der Bahnstrecke wechseln, um das Bahngelände verlassen zu können.

Eine hohe Metallkonstruktion war über die Gleise gebaut worden und diese sollten wir nun nutzen. Kein Problem für uns, die Stufen hinaufzusteigen, sagten wir uns und gingen auf die Konstruktion zu. Andere Fahrgäste aus unserem Zug waren bereits auf dem Weg nach oben, einige gingen hinter uns her, andere konnten wir überholen.

Als wir an der Treppe ankamen, stand dort eine Frau mit einem Koffer, die auch nach oben wollte. Der Koffer sah schwer aus.

Natürlich fragte ich sie, ob ich ihren Koffer tragen solle und sie sagte nur: „Danke."

„Dann eben nicht", dachte ich nur und ging weiter, bemerkte aber, dass die Frau sich nicht bewegte.

Ich blickte zurück und schaute sie an.

„Ja! Danke!", sagte sie jetzt laut und nickte erwartungsvoll.

Ich verstand: Ihr erstes „Danke" war also kein „Nein! Danke.", sondern ein „Ja! Danke." gewesen. Ich musste lachen. Das kleine Wort „Ja" hatte mir fehlt, um sie richtig zu verstehen.

Ich nickte zurück, stieg die paar Stufen wieder nach unten, die ich bereits hochgegangen war, nahm ihren Koffer und ging wieder nach oben. Jetzt folgte sie mir natürlich. „Danke!", sagte sie.

Und hier war es nun ganz klar: Hier fehlte jetzt natürlich kein Wort. Hier stand das „Danke" als „Dankeschön". In diesem Moment hatte das eine Wort also ausgereicht.

Puh, manchmal ganz schön kompliziert so kurze Äußerungen.

Die Krähe

An einem frühen Sonntagmorgen war ich mit meinen Nordic-Walking-Stöcken im Park unterwegs.

Von Weitem sah ich eine Frau mit einem Kinderwagen an einem Platz stehen, auf dem sich Tischtennisplatten befinden, die von jeder Person genutzt werden können.

Als ich näherkam, sah ich, dass die Frau eine Krähe beobachtete und es immer wieder merkwürdig klackerte.

Dann sah ich, was die Frau beobachtete: Es war eine große Krähe, die sich mit einem Tischtennisball abmühte. Sie nahm ihn immer wieder in den Schnabel, hüpfte auf einen kleinen Mauervorsprung und warf den Tischtennisball von dort aus auf den Betonboden, aus dem der Platz bestand.

Doch der Tischtennisball prallte auf dem Boden auf und hüpfte bzw. rollte davon.

Dann schoss die Krähe hinterher, schnappte sich den Ball erneut und das Spiel begann von vorne.

Irgendwie sah das ganze lustig aus und man hatte den Eindruck, dass die Krähe mit dem Tischtennisball spielte.

Aber, wie das Internet mir erklärte, stehlen Krähen manchmal Eier anderer Vögel aus deren Nester und fressen den Inhalt.

Die lustige Unterhaltungsnummer hatte somit wohl eher einen anderen Hintergrund: Die Krähe war davon ausgegangen, dass es sich bei dem Tischtennisball um ein Vogelei handelte, deren Inhalt ihr schmecken würde. Der Tischtennisball muss verlockend lecker für die Krähe ausgesehen haben.

Ich hoffe nur, dass die Krähe schnell begriffen hat, dass sie nichts Essbares gefunden hatte.

Schade um die vergeudete Zeit und Energie. Die Versuche, einen Tischtennisball zu zerstören haben sie sicher nur noch hungriger gemacht. Sämereien, Wurzeln oder Früchte, die Krähen eher fressen, sind dann doch leichter zu finden.

Muttertag

Am kommenden Sonntag sollte Muttertag sein. Ich war mit einem Freund verabredet und machte mich auf den Weg zu einem Restaurant.

Auf dem S-Bahnhof saßen zwei Jugendliche auf einer Bank. Sie waren etwa 14 oder 15 Jahre alt. Als sie mich sahen, sprach mich einer der beiden grinsend an: „Hallo, darf ich Sie kurz was fragen?", hörte ich. „Natürlich", sagte ich und drehte mich zu den beiden hin.

Er hielt das Prospekt eines Supermarktes in den Händen und zeigte auf ein Bild mit einem Blumenstrauß.

„Wissen Sie, dass am Wochenende Muttertag ist?", fragte er mich und grinste breiter als zuvor.

Der Jugendliche neben ihm lachte. Die beiden wollten sich scheinbar über mich lustig machen.

„Klar", sagte ich forsch zurück. „Natürlich weiß ich, dass Muttertag ist. Schließlich bekomme ich zum Muttertag immer viele Blumen geschenkt."

Die beiden schauten mich irritiert an. Ihre Gehirne arbeiteten. Mit meiner Glatze und meinem Kinnbart sah ich nun wirklich nicht aus wie eine Mutter.

Dann hatten die beiden verstanden, dass ich mich über *sie* lustig machte und lachten los. Kurz bevor ich weiterging, hoben sie noch die Daumen hoch.

Mich zu veräppeln, war nach hinten losgegangen, aber so hatten wir schlussendlich alle drei unseren Spaß.

Besuch

Wir saßen im Außenbereich von einem Restaurant und unterhielten uns über Tauben und wie wir Menschen sie behandeln.

„Eigentlich können Tauben nichts dafür, dass sie so vertraut mit uns Menschen zusammenleben wollen", sagte mein Gesprächspartner und seine Sympathie für diese Vögel war offensichtlich.

„Schließlich haben wir sie früher domestiziert und als Transportmittel für Nachrichten gebraucht", fuhr er fort. „Und als die Technik aufkam, haben wir sie einfach vernachlässigt und sie wieder frei gelassen. Aber durch ihren Instinkt sind sie uns immer treu geblieben."

Ich schaute auf die Straße, auf der gerade zwei Tauben hintereinander herliefen.

„Tauben finde ich irgendwie eklig", dachte ich. „Sie verdrecken so viel und wenn eine Gruppe von Tauben auffliegt, ducke ich mich instinktiv weg." Aber mit dem Hintergrundwissen über Tauben, darüber hatte ich mir vorher nie Gedanken gemacht, dass sie uns Menschen ja mal gute Helfer waren, nahm ich mir vor, Tauben freundlicher zu betrachten.

Nach dem Restaurantbesuch verabschiedeten wir uns und gingen nach Hause.

Kurz nachdem ich bei mir zu Hause angekommen war, bekam ich ein Video per Handy zugeschickt: Es zeigte das Wohnzimmer meines Gesprächspartners und auf seinem Bücherregal saßen zwei Tauben …

Über das offene Küchenfenster hatten die Tauben den Weg in seine Wohnung gefunden.

Es schien so, als hätten sie unser Gespräch gehört und entschieden, bei ihm einzuziehen. Schließlich war es in seiner Wohnung schöner, als auf der Straße.

Aber als er die Wohnungstür geöffnet hatte, waren die Tauben wohl sichtlich nervös geworden und aufgeregt. Sie hatten wohl nicht damit gerechnet, dass noch jemand in der Wohnung bleiben wollte.

Nach etwas Aufregung fanden die beiden Tauben dann schließlich den Weg durch das geöffnete Wohnzimmerfenster nach draußen.

Bei aller Tierliebe und allem Verständnis: Tauben sind nicht für die Wohnung geeignet.

Vielleicht sollten wir beim nächsten Mal leiser über solche Themen sprechen. Wer weiß, welche Tiere sonst noch den Weg in seine Wohnung finden.

Tretrollerausflug

Ich saß im Park und schaute mich in der Gegend um: Joggende, Spazierende oder Herumstehende genossen die Ruhe und das Grün des Parks und es war ein entspannter sonniger Tag.

Dann hörte ich das Rollen von Rädern und sah eine Frau auf einem Tretroller stehend auf mich zukommen.

„Ein bisschen klein dieser Tretroller", dachte ich, als er näherkam.

Doch dann sah ich, warum der Tretroller so klein war. Er gehörte wohl dem etwa achtjährigen Mädchen, das hinter dem Tretroller herlief.

Die Mutter sah entspannt aus und auch das Kind schien entspannt zu sein, auch wenn es sich ganz schön anstrengen musste, dicht bei dem Tretroller zu bleiben.

Ich musste lachen: Wie oft sah man Eltern hinter einem Kind herlaufen, wie oft rannten Erwachsene einem Tretroller oder Fahrrad hinterher? Meist völlig außer Atem und schnaufend, oder, im schlimmsten Fall, nach ihrem Kind rufend, weil es nicht stoppen wollte.

Diese Mutter hatte es aber schlau angestellt: Das Kind lief und die Mutter stand entspannt auf dem Tretroller. Und es sah tatsächlich so aus, als hätten beide Spaß dabei.

„Das nenne ich doch mal einen guten Rollentausch", dachte ich und schaute den beiden hinterher, bis sie um eine Ecke verschwunden waren.

Ich nahm mir vor, mir das soeben Gesehene zu merken. Vielleicht sollte ich ja in Zukunft nochmal auf ein kleines Kind aufpassen. Das könnte ich mir dann vielleicht auch etwas einfacher und entspannter gestalten. Man muss eben nur gute Ideen haben so wie die Mutter, die gerade zufrieden an mir vorbeigerollt war.

Sommermusik

Es war ein sonniger Tag und nach einem langen Spaziergang ließ ich mich zusammen mit einem Freund auf einer sonnigen Parkbank nieder. Bei dem schönen Wetter war es nicht leicht gewesen, eine freie Bank in der Sonne zu finden.

Auf der Bank neben uns saßen vier Jugendliche, die die Sonne ebenfalls genossen. Im Gegensatz zu uns hatten sie allerdings ein paar Getränke dabei und Musik klang aus einem Player.

Die vier lachten und hatten Spaß daran, ihre Freizeit miteinander zu verbringen. Sie schienen sich alle vier gut zu verstehen.

Bei dem ein oder anderen Lied sangen sie laut mit und es machte Freude, ihnen dabei zuzuhören, auch wenn nicht jeder Ton saß.

Auf vorübergehende Fußgänger oder Radfahrende übertrug sich die Fröhlichkeit der vier und das gab dem Nachmittag einen angenehm entspannten Charme.

Bei einem der Lieder, bei dem die vier mitsangen, stoppte plötzlich ein Radfahrer. Er war ungefähr Mitte 30 und wirkte etwas „mitgenommen". In einer Hand hielt er eine

Flasche Bier und kurz darauf begann er, sich in den Gesang einzuklinken. Ganz so schlecht war sein Gesang nicht, aber die Jugendlichen schalteten kurz darauf ihre Musik aus. Sie wollten wohl lieber für sich bleiben. Aber diese Gelegenheit nutzte der Mann, noch etwas lauter zu singen und es war anfangs noch lustig, ihm zuzuhören.

„Ich muss heute noch zu einem Vorsingen für eine bekannte Fernseh-Talentshow", sagte er und sang weiter.

„Wenn der weiter so trinkt, wird der keinen Ton mehr herausbekommen, geschweige denn, es bis zu einem Fernsehstudio schaffen", dachte ich, hörte ihm aber weiter zu.

Nach der Beendigung seines Liedes applaudierten wir höflich zusammen mit den Jugendlichen und ich glaube, wir hatten alle die Hoffnung, dass der Mann nun weiterfahren würde.

So überzeugend wie die Musik aus dem Player war er wirklich nicht.

Aber der Mann dachte nicht daran, mit dem Singen aufzuhören, geschweige denn, weiterzufahren. Er sang einfach weiter.

Die Jugendlichen hatten sich inzwischen dazu entschieden, weiterzuziehen: Sie waren aufgestanden, packten ihre Sachen und gingen fort.

„Schade", dachte ich. „Irgendwie ist die gute Stimmung vorbei."

Eine kurze Weile noch hörten wir dem Mann zu, bis dieser endlich die Lust am Singen verlor. Immerhin waren 2/3 seiner Zuhörerschaft gegangen.

Er verabschiedete sich, schwang sich auf sein Fahrrad und fuhr in die entgegengesetzte Richtung, als die, in der die Jugendlichen verschwunden waren.

Plötzlich kehrte Ruhe ein … doch nur kurz: Dann kamen die vier Jugendlichen wieder angelaufen und setzten sich wieder auf die sonnige Bank, prüften zur Sicherheit nochmal, ob der Mann weit weg genug war und schalteten ihre eigene Musik wieder ein. Sofort war die gute Stimmung wieder da und wir mussten alle lachen.

Die vier hatten sich versteckt gehalten und einfach nur darauf gewartet, dass der Mann weiterfuhr. Jetzt konnten sie den Nachmittag wieder genießen und auch wir entspannten uns. Musik ist eben nicht einfach nur Musik.

Rollstuhl

Ich stand am Straßenrand und schaute auf die Straße. „Die Straße ist ganz schön eng geworden", dachte ich, als ich feststellte, dass aus den vorher zwei Fahrspuren nun eine Fahr- und eine Park-Spur geworden waren.

Die Autos fuhren eng an eng hintereinander her und ich fand keine richtige Möglichkeit, die Straße zu überqueren.

Doch dann sah ich auf einmal eine große Lücke. „Da komme ich rüber", dachte ich mir und dann sah ich, warum die Lücke so groß war: Eine Rollstuhlfahrerin, etwa 60 Jahre, fuhr mitten auf der Fahrbahn und hinter ihr rollte der Verkehr nur sehr langsam weiter. Der Rollstuhl hatte einen Elektromotor, aber besonders schnell war das Gefährt nicht. Die Fahrerin hatte die Ruhe weg und ließ sich auch nicht durch die bereits sehr lange Autoschlange hinter ihr beirren. Warum sie nicht auf dem Gehweg, der sehr breit war, fuhr, weiß ich nicht. Aber noch während ich dieser Frage hinterherdachte, kam ein Polizeiauto mit Blaulicht und Sirene. Die Autoschlange versuchte verzweifelt, Platz für dieses Fahrzeug zu machen und so drängelte sich der Polizeiwagen Meter für Meter langsam nach vorne.

Doch an der Rollstuhlfahrerin kam er nicht vorbei. Sie fuhr mittig auf der Straße weiter.

„Vielleicht ist sie taub", dachte ich und beobachtete, wie inzwischen auch viele andere Fußgänger, das ungewöhnliche Schauspiel.

Die Polizisten hielten ihr Auto an und einer der Polizisten rannte hinter dem Rollstuhl her, der, so wie es aussah, doch schneller fahren konnte, als bisher. Jedenfalls wurde er plötzlich schneller.

Als der Polizist den Rollstuhl schließlich erreicht hatte, versuchte er, diesen an den Rollstuhlgriffen festzuhalten und zum Stoppen zu bringen. Doch er schaffte es nicht: Seine Hand rutschte von den Griffen ab und er musste dem Gefährt weiterhin laufend folgen.

Dann folgte auch der zweite Polizist, der das Polizeiauto inzwischen in eine Parklücke gestellt hatte. Beide Polizisten liefen nun dem Rollstuhl hinterher, aber die Fahrerin machte keine Anstalten anzuhalten.

Einer der Polizisten sprintete nun los, überholte den Rollstuhl und drückte auf den Halteknopf (oder ähnliches) und der Rollstuhl hielt an. Er erklärte und zeigte der Fahrerin, dass sie auf dem Gehweg fahren solle. Die Fahrerin schaute ihn nur an, drückte auf einen Knopf und fuhr wieder los.

Gemeinerweise mussten wir Umherstehenden lachen. Die Situation war einfach zu komisch. Aber die Polizisten taten mir auch leid.

Die Frau dachte nicht im Traum daran, die Straße zu verlassen.

Weiter hinten hupten bereits einige Autofahrer. Sie konnten ja nicht wissen, was am Anfang der stehenden Autoschlange gerade geschah.

Beide Polizisten redeten nun auf die Frau im Rollstuhl ein und versuchten, das Gefährt, das nun wieder zum Stehen gekommen war, zum Gehweg zu bringen. Das war leichter gesagt, als getan. Vielleicht stand die Frau auf der Bremse, ich weiß es nicht.

Es dauerte jedenfalls eine ganze Weile, bis die beiden Polizisten die Frau dazu bewegen konnten, ihre Fahrt auf dem Gehweg fortzusetzen.

Endlich kam der Autoverkehr wieder zum Fließen und der Stau löste sich langsam auf.

Warum die Frau mitten auf der Fahrbahn unterwegs war, werde ich wohl nie herausbekommen, aber ihre Entschlossenheit, sich gegen die Polizei durchsetzen zu wollen, ist schon ungewöhnlich.

Die Frau war sich wohl der Gefahr, in der sie sich befand, nicht wirklich bewusst. Nicht jeder Autofahrende rechnet mit einem Rollstuhl mitten auf der Fahrbahn und da der Rollstuhl schwarz lackiert und nicht beleuchtet war, hätte man ihn schnell übersehen können. Glück für die Frau, dass diese Geschichte für sie gut ausgegangen ist ... und ich eine außergewöhnliche Geschichte aus Berlin erzählen kann.

Seltsamer Hund

Mein Weg führte mich zu einem Supermarkt, um meine wöchentlichen Einkäufe zu tätigen.

Von Weitem sah ich eine Frau, die lachend über den Zebrastreifen ging. Mein Instinkt riet mir, genauer hinzuschauen.

Dann sah ich, warum die Frau lachte: Eine andere Frau ging gerade mit einem weißen Hund über den Zebrastreifen. Der Hund hatte seinen Kopf ständig auf dem Boden und die Frau zog und zerrte immer wieder an der Leine. Aber richtig vorwärts kam sie nicht.

„Das würde mich nerven, mit so einem Hund unterwegs zu sein", dachte ich, als ich der Frau mit dem Hund näherkam.

„Merkwürdig", schoss es mir durch den Kopf. „Der Hund hat gar keinen Schwanz." Dann sah ich es: Der Hund trug eine Windel. „Sieht man auch nicht alle Tage", überlegte ich und beobachtete, wie die Frau immer wieder an der Leine zog, um das Tier vorwärts zu bewegen. Der Hund hatte seinen Kopf unablässig auf dem Straßenbelag.

Dann zog die Frau plötzlich etwas fester an der Leine und der Hund hob den Kopf, um ein paar Schritte vorwärts zu gehen.

„Das ist ja gar kein Hund!", stellte ich überrascht fest. „Das ist ja ein Schaf!"

Ich musste lachen und blieb stehen. „Ein schönes Schaf", ging es mir durch den Kopf, „aber warum geht die Frau mit dem Schaf an der Leine durch die Stadt spazieren?"

In dem Moment senkte das Schaf wieder seinen Kopf und zupfte an einem Grashalm. Das war also der Grund, warum die Frau nicht vorwärtskam. Das Schaf folgte seinem Instinkt und ließ keinen Grashalm stehen.

Wieder zog die Frau an der Leine, um ihren mühsamen Weg fortzusetzen. Inzwischen war die Ampel für Fußgänger auf Rot umgesprungen und die Autos fuhren in einem Bogen um die Frau und um das Schaf herum.

Ich stellte mir vor, wie die Frau das Schaf vor dem Supermarkt anbinden würde, wenn sie einkaufen ging. Das würde angebundene Hunde sicher sehr irritieren. Aber natürlich auch alle anderen. Tiefkühlsachen einkaufen würde nicht gehen. Bis sie wieder zuhause damit wäre, wäre alles aufgetaut oder sogar geschmolzen.

Irgendwie tat die Frau mir leid. Ich werde wohl nie erfahren, warum sie ein Schaf spazieren führte. Ob sie es wohl als Lämmchen geschenkt bekommen hatte und jetzt konnte sie es nicht mehr abgeben, weil sie es liebgewonnen hatte?

Oder pflegte sie das Schaf, weil es krank gewesen war? Ich weiß es nicht. Aber ich kann jedem Menschen nur empfehlen, sich kein Schaf anzuschaffen, wenn man keine Wiese oder keinen Park vor der eigenen Haustür hat. Denn mit einem Schaf herumzulaufen, ist wirklich sehr zeitaufwändig und anstrengend.

Winken

Ein Freund hatte mich gefragt, ob ich mit ihm in ein Konzert zu einer deutschen Sängerin gehen möchte, die in Berlin in einem Konzertsaal auftreten würde.

Da mir die Stimme der Sängerin gefällt und ich diese Form der leichten Unterhaltung mag, sagte ich zu und so saßen wir eines Abends oben in der Loge im Konzertsaal und freuten uns auf die Musik.

Da wir relativ dicht bei der Bühne saßen, konnten wir das Orchester und die Sängerin gut sehen, als sie die Bühne betrat.

Mein Freund war ganz aufgeregt. Er hatte sie schon einige Male gehört und freute sich sehr, Karten für das Konzert bekommen zu haben. Ich freute mich mit ihm.

Als die Sängerin die ersten Lieder gesungen hatte, war die Stimmung im Saal sehr gut und die Zuhörenden, alle konzentriert der Musik lauschend, kamen voll auf ihre Kosten, weil die Frau es beherrschte, den Kontakt zu ihren Gästen aufzunehmen, indem sie immer wieder intensiv ins Publikum schaute. Auch schaute sie immer wieder mal hoch zu uns Logengästen.

Dann stimmte das Orchester das nächste Lied an und die Sängerin stimmte mit ihrem Gesang ein. Auch bei diesem Lied schweifte ihr Blick über das Publikum unten im Saal, aber auch wieder zu uns nach oben in die Loge.

Aus dem Augenwinkel heraus nahm ich wahr, dass mein Freund plötzlich die Hand hob und der Sängerin zuwinkte, als sie nach oben blickte.

Für einen Moment stockte mir der Atem und ich konnte sehen, dass die Sängerin irritiert war.

Dann schaute sie wieder nach vorne in das Publikum, das vor ihr saß. Aber während sie sang, schien sie darüber nachzudenken, wer ihr aus der Loge zugewunken haben könnte. Singend drehte sie ihren Kopf wieder zu uns nach oben und lächelte. Man konnte sehen, dass sie nachdachte, aber es zeichnete sich kein Wiedererkennungseffekt auf ihrem Gesicht ab. Schließlich kannte sie meinen Freund ja nicht persönlich. Also drehte sie sich wieder nach vorne und beendete das Lied ohne Zwischenfälle.

Es war alles gut gegangen, aber ich musste darüber lachen, dass mein Freund auf die Idee gekommen war, ihr zuzuwinken. Gleichzeitig bewunderte ich die Sängerin, die trotz der Irritation ihr Bühnenprogramm ohne Unterbrechung fortgesetzt hatte. Sehr professionell. Genau wie ihr Gesang.

Das Dankeschön

Liebe Leserinnen, liebe Leser,

danke schön, dass Ihr mir Eure Lesetreue haltet und in Gesprächen auch immer wieder erwähnt, wie gern Ihr meine Kurzgeschichten gelesen habt. Noch mehr freue ich mich natürlich über die Nachfragen, wann es etwas Neues zu lesen gibt.

Jetzt ist also Band V von Kurts Kurzgeschichten erschienen und ich hoffe, Ihr habt/hattet viel Spaß beim Lesen.

Das würde mich sehr freuen.

Vielen Dank an alle.

Und hier noch das Kleingedruckte

Es lag und liegt mir fern, einem Menschen zu nahe zu treten oder bloßzustellen oder zu blamieren. Sollte das in diesem oder einem anderen Band geschehen sein, bitte ich um Entschuldigung. Es steckt keine böse Absicht dahinter! Meine Geschichten sind, soweit mir das möglich war, geschlechtsneutral gehalten, aber das lässt sich leider nicht immer einhalten. Auch hier steckt keine böse Absicht des Ausschließens oder der Ignoranz dahinter. Alle Geschichten haben sich vom Grunde her so abgespielt, wie ich sie niedergeschrieben habe, aber meiner schriftstellerischen Phantasie musste ich hin und wieder nachgeben, um die ein oder andere Geschichte „runder" zu machen. Rechtschreibfehler oder Ähnliches, bitte ich, zu entschuldigen.

Bisher sind bei BoD erschienen:

Verschmitzte Weihnachten
ISBN 9783746032986 – eBook 9783746085265
(Zweitauflage des ehemals grünen Buches)

Verschmitzte Weihnachten I
ISBN 9783748109686 – eBook 9783748113812
(Zweitauflage des ehemals roten Buches)

Verschmitzte Weihnachten III
ISBN 9783746034461 – eBook 9783746003818
(Zweitauflage des ehemals blauen Buches)

Tierische Weihnachten
ISBN 9783744886932 - eBook 9783744888493

Kurts Kurzgeschichten
Alltägliche Kurzgeschichten aus der Großstadt
ISBN 9783746025957 - eBook 9783746090344

Kurts Kurzgeschichten Band II
ISBN 9783749410781 - eBook 9783749456642

Kurts Kurzgeschichten Band III
ISBN 9783753460147 – eBook 9783753414461

Kurts Kurzgeschichten Band IV
ISBN 9783756857722 – eBook 9783756876587

Wie Walther sein *h* verlor
ISBN 9783752642155 – eBook 9783752636192

Webseite

www.verschmitzte-weihnachten.de

Mailanschriften

verschmitzte-weihnachten@web.de

kurt-schmitz@kurts-kurzgeschichten.de

Bibliografische Information der Deutschen
Nationalbibliothek: Die Deutsche Nationalbibliothek
verzeichnet diese Publikation in der Deutschen
Nationalbibliografie; detaillierte bibliografische Daten
sind im Internet über http://dnb.dnb.de abrufbar.

©2024 Kurt Schmitz

Verlag: BoD • Books on Demand
GmbH, In de Tarpen 42, 22848
Norderstedt
Druck: Libri Plureos GmbH,
Friedensallee 273, 22763 Hamburg

ISBN: 978-3-7597-9371-3